第35届
青春诗会诗丛
《诗刊》社 / 编

幽居志

徐晓 著

南方出版社
海口

图书在版编目（CIP）数据

幽居志/徐晓著.--海口：南方出版社，2019.8（2019.10重印）
（第35届青春诗会诗丛）
ISBN 978-7-5501-5568-8

Ⅰ.①幽… Ⅱ.①徐… Ⅲ.①诗集-中国-当代 Ⅳ.①I227

中国版本图书馆CIP数据核字(2019)第157224号

幽居志

徐晓 著

责任编辑：高　皓
特约编辑：符　力
装帧设计：史家昌

出版发行：南方出版社
地　　址：海南省海口市和平大道70号
邮　　编：570208
电　　话：0898-66160822
传　　真：0898-66160830
经　　销：全国新华书店
印　　刷：阳谷毕升印务有限公司
版　　次：2019年8月第1版
印　　次：2019年10月第2次印刷
开　　本：787mm×1092mm　1/32
印　　张：4.375
字　　数：104千字
定　　价：40.00元

目录
CONTENTS

人海 001
远 002
坦途 004
初秋 006
洋葱之心 007
不再 008
远途 009
想起一个人 010
瞬息间 011
相认 012
惆怅 013
给你 014
希冀 015
幽居志 016
春夜迷人又悠长 017
思过 018
凋落 019
绝境中 020
想象 021
遥相望 022

离开 023

寄居 024

迷路 026

愿你原谅我 027

虚构 028

写诗还有什么必要 030

短昼 031

匆匆 032

爱一个诗人 033

一首诗 034

杳无音信 035

去往桃花源 036

眼前这个人 037

黑衣人 038

降落 039

你是令我绝望的甜 040

途中 042

我是我自己的抛弃者 043

大雪之夜 044

我坚硬的壳里包裹着柔软 045

致岁月 046

湖 047

水系 049

空 050

那儿 051

物是人非 052

一个人的孤独不值得炫耀　053
我允许痛苦不请自来　054
我欢快地哼起了歌儿　055
晚来天欲雨　056
某刻　057
我忘记了　058
没关系，生活　059
我有夜夜不眠的思念　060
月光依旧恩慈　061
刀刃上的时光　062
对不起　063
九月　064
那些令我恐慌的　065
永远的抵达　067
无题　068
而你还没有来　069
她和他　070
像卡西莫多一样活着　071
身不由己　073
他　074
问　075
我在黑暗中闭上了眼　076
但是我爱你　077
屏住呼吸　078
那些无声的　079
童年　080

你带不走我　081
梨花开放的时候　082
火，或者刀　083
我要去看你　084
谈心　085
赴死之前　086
你不知道的事　088
自白　089
忆起　091
竹篮打水　092
药片颂　093
春风念　094
抱歉书　096
我站在异乡的郊区　098
秋天到了　100
心事　101
返青　102
中文系　103
相逢　110

人 海

我居于心事凝重的闹市已经很久
在拥挤的电梯口，不时满怀羞愧
又不解于愧对什么
每一天，当大楼把我吐出来
太阳吝惜释放它的温度
厌弃臃肿的女人们
在街道上晾晒她们爱情的甜蜜
和干瘪，对于迎面而来的行人
我没有多余的好感
并极力躲避
他们牵着的宠物狗
人与人目光相撞，便是一片无边无际的海
没有谁能轻易上岸
每晚我在同一条街上走过一遍又一遍
如一只异乡的鸟。唉——
我不曾独自啜饮这人间的烈酒
也不曾在雪夜牵起心爱之人的手

远

我为着你的不告而别而发出惊惶又
无奈的叹息
我为着一个即将到来又终将
逝去的好日子而狂喜
昨夜我从路旁剪掉的海棠
已于今晨枯萎
但我无法向你呈现我的歉意
无法向任何人解释我心的破碎
我仍在等待的是房梁上即将南飞的燕子
那些黑色的药丸一次次安抚我心
一整个冬天我将在怀念中高歌
它们永不失信的品德
同样我也为着沦落成集市中
人们挑挑选选的一棵冻白菜
而露出老母亲般的笑容
我要如何用最少的言语让你明白
我过山车一样的人生
相比于坠落和飞翔
平地里蓄养着更多的风云
出于朦胧的爱意，我曾将自己托付于水
并为此谅解了更多的水域
而那碧波里荡漾的不再是我孱弱的幼年

何时你会再将我念起
如橡皮追随铅笔，在不能并行的余生里

坦 途

这必然摊开的结局或许是正确的
在很多个金色铺满大地的黄昏
我无力没入幽寂无垠的夜里
邀你共饮,而写诗亦是残忍的

那未被写下的必是甜蜜的陷阱
是糖罐里化掉的糖渍,黏你的牙
然而这是抵达你
唯一的坦途,除此我别无他法

我们都迷恋虚弱的事物
而虚弱的事物一再地虚构了
我飘忽的境地——那易碎的泡沫
你曾在大雾里把我看见,像所有人一样
又决意将我放过,如君王放弃江山
将军推翻旗帜,像所有人一样

我该如何谢你,这世间已如此苦涩
我也曾真切而热烈地走近你如同走近
一场将至的暴雨,而你提前阖上了
你空荡一生涌动的全部笑意
深秋稀薄的阳光切割开蜂拥的人潮

你轻轻地避开爱,避开我
像避开一场即将爆发的瘟疫

初 秋

还是有少量的野菊花为我敞开心怀
在秋天,我已不再奢求
一个滚烫的太阳,温暖我
还是有神派来的蒙面人
跋山涉水,赶来与我相逢
谈起天上的事

还是有一些猝不及防的时刻
令我无端泪涌,在这苦杏仁样的尘世上

洋葱之心

在秋风中我剥洋葱一样把自己
一层层剥开,枯败的表皮下
让你看见,我清莹的过往

我空无一物的心田,因你的光临
而储满宝藏,我闲置的沼泽与丛林
日积月累,并不曾失去更多

如今我是正在老去的小姑娘
仍有一双被你垂怜过的泪眼
你可知我爱你是鸡蛋往石头上碰
我爱你是你永生无法启齿的秘密

不 再

不再鄙视自己和自己的生活
不再对稀薄的夜空持虎豹之心
不再对墙壁上
日夜不停的秒针怀有敌意

我让自己习惯接二连三的妥协
在心里注入麻醉剂

在漫漫无期的明天或后天到来之前
容许自己休憩片刻
像一只兽,刚刚被驯服

远 途

那盛大的仪式感再也不会有了
我们试图将内心的火
寄希望于远方
很多年后我恍然记起那几个
燥热的午后
游鱼般的车辆滑进太阳穴
制造着恰如其分的晕眩
你不会知道,在通往郊区的路上
我经历着一生中最波澜壮阔的时刻
当我需要回忆来提醒曾经的温情
我便想起一支细小的溪流
对奔向大海的渴念
是多么热切而无望
我也曾像深秋最后一抹山色
缓缓流入你的眼底
你也不会知道,当我哭泣时
我已决心咽下污泥、铁屑
或别的什么涩重之物
宽阔的大街上走着年迈的老者
和玩耍的孩子。像所有城市和乡下一样
我们离开那个小县城后
不会再有别人,千里迢迢赶去相爱

想起一个人

想起一个人,像想起一件
遗失多年的旧物
像一个花瓶,一段曲调
一块皱巴巴的糖纸
在回忆的抚摸下,抖落掉了
灰尘,露出明亮的那部分

想起一个人,像寒冬里突然
生起了炉火。火苗远远地烧着
又远远地熄灭
大风呼呼地刮着。有的人
再也没有必要被反复想起

瞬息间

我还是不能虚构一个乌有之境来
蒙骗你
我还是不能装作在豹嘴里找到象牙
把你取悦
我们荒废的时日已经过多
而雷声越来越紧。我所珍视的
正被黑夜吞没。我想遗弃的
又被时光之手拎出来
干燥的城市饱受着冷漠和孤寂的摧残
多少次容忍且咽下
我们为彼此奉上的刀子
多少次我们在同一条道路上各怀心事地走着
在老无所依的黄昏
谁又能永远保有新鲜的初衷？
我心的幻灭，不过瞬息间

相 认

事实上我们没有说到过往
柠檬味的少年和青年时代
我们说窘迫的初恋,不解风情的男人
和他们入戏尚浅的深情
早餐铺里女孩们湿漉漉的双眼
浆果一样挂在枝头的大雾里摇摆

在更小的时候
我们拥有胆怯又叛逆,不被理解
也不被看见的苦丁花一样的乡野时光
你的困顿,同样也是我的
你心上开满雏菊的伤口,一度迷惑我

而现在这个再度重逢的日子
我该如何安置你
如何细数流水和月色的孤独
万物酣眠的时刻
我们要如何止住呜咽
才能互相辨认出彼此相似的人生

惆 怅

令我无法忘怀的,是南半天
久不消散的云
像那日益肥硕的山巅,棉被一样
把我轻轻覆盖
令我一再回眸的是那永不改道的河
老去的垂柳在岸边垂下悲伤的头
在我空旷的胸腔,无声回荡着的
是那轰轰奔逝的水
是谁的悼念啊
一声声打在干枯的草茎
远走他乡的人,背对橘色的夕阳
提前驶入遗忘的航道
我是深夜里陷入迷途的旅人
怀抱着一个空空的月亮

给 你

认识你时,你已是那隐居桃源的智者
看山是山,看水还是水
看我,是雾里看花

你我之间隔着大雾,也隔着
大雾弥漫的许多个早晨

你曾拥有过的激荡的盛年
是一个灰色调的故事
如果可以,我想在此基础上
展开虚构,开头便是:

蝴蝶飞入花园,却已是深秋
她静静落在一株
枯败的枝干上
那时,夜幕正降下来

希 冀

大多数时候,我醉心于时间里梦游
久久不愿醒来
生活这个伪君子
扎煞着一双油腻的双手
并不断露出马脚
什么才是你的真面目?
万物不语
答案永远忠贞于它构成的谜团

也罢,兄弟们。世间多有疾苦
人人头顶风霜
我也不过是饮鸩止渴
只等一个情意饱满的人送来解药

幽居志

离群索居,闭门谢客——
我以篱笆作门,青藤为窗
管它黄鼠狼还是狐狸精
一律遥遥相望
闭门种花种草
春种蔷薇夏栽荷
秋赏野菊冬踏雪
一方小院,四季都有鸟鸣
风吹过来就让它吹
雨落下来就任凭它落
世间好山好水千千万
我有两耳,不闻那山外事
我有一心,只读这圣贤书
我还有那小野兔、长尾雀、小白羊
圆溜溜的滚了一地的紫葡萄

春夜迷人又悠长

南风越发温柔,忍不住在路边小坐
细瘦的月亮渐渐沉入群山背后
百年老树啪嗒啪嗒地
掉着它的叶子。人间空荡荡

在这一夜我和盘托出我的秘密
向春风坦白罪责
朝大地吐出苦水
没有醉过的人,不知生而恍惚

春夜迷人又悠长,长于我徘徊于此的哀伤

不曾误入歧途的人,不知悬崖之险峻
像某些奔赴或沉浸。没有退路

思 过

直面自己的无能和与之而来的失败
是一件残忍的事情
真理被无数张嘴嚼碎,变异成怪物
口水在没有硝烟的战场上四溅横飞
录音笔、照相机、讲话筒
无情地复制你的窘态
苍蝇直冲入杯中
作为审判官的吊灯在天花板望着你

生而为人你感到羞惭,天生拥有
口拙的技艺,该向所有人道歉
无人时你对着空气思过,并感恩上苍
赐予你遗忘这一最大的美德
它令你深谙在失败中汲取快乐的门道

凋 落

外面的风暴越来越频繁,装点着
平淡无奇的日子
在一个晦暗的傍晚我开始枯萎
完全是自愿,为了剔除体内的顽疾
没有人能出手阻拦

实际上,并不是你叫我开花
我就会发芽
每张陌生的脸,都接近冬天
而我就是那咽下咸涩的承重之人
谁能理解,并真正进入真相内部

大多数人对年轻的作恶者
持有高高在上的怜悯,宽宥他们
以显示自己非凡的肚量
我已决定不去动摇他人的意志
我没有力气。过去的那些斑驳的暗影
麦田样的狂热,已十分可疑

你也不过如此,不过如此
这并非真正的相认,所以再见
而我将继续枯萎,枯萎,并即将凋落

绝境中

在大河滔滔的命途中我送走
丰沃的青年时代，迎来湍急的窄道
在逆风的河面上狂奔我仍是洗不净
眼中的沙子。多么可悲
我身体里的豹子已被杀死
既无利爪，也无獠牙
欲望如云朵般虚空
一头栽进去，便跌至绵软的泥潭
旧梦中，似曾相识的场景，是那般熟悉
像困兽，不抱希望地
臣服于生活的专制
有神秘来客悄然而至
拔下剑鞘，亮出身份
我的城池即将沦陷，山河也濒临破碎
但自有不会迷路的英雄赶来营救

想 象

我曾想过就这样度过此生
每日醒来躺在坚硬的土炕上
而不是柔软的席梦思
甜蜜的漩涡，腐蚀娇弱的后背
也腐蚀掰不弯的硬骨头
我愿掀开老房子的布帘
看见的是山涧清泉
而不是直上云霄的钢筋混凝土
鸟儿们在黄昏时分奔向自己所垒的巢穴
人有时却不愿回到自己筑造的铁笼里
我也曾想过死亡降临的方式
它从远处缓缓地走来，越走越近
像贪玩的孩子
天黑前，不紧不慢地踏进家门

遥相望

时至今日,面前的选择
必定没有最合心意的那个
我知道你和我一样
厌弃了这被指责为荒唐
抛弃秩序、规则和美的日子
最好的春夏秋冬已经一去不复返
最好的时候一去不复返
落在我们肩头的雨静静地流下来
流到下个夏天又从天而降
我知道你和我一样
将失去当作一门艺术
将诀别作为命运的恩赐
并从不愿直面内心的痛楚
其余的时候,安于钢铁般的意志
在沉默中守住了沉默
也安于疲倦和困厄
多少年来,在渐行渐远的路上
始终保持对彼此陌生的敬意

离 开

世界一言不发,每个人都终将离开
新鲜的事物也会变成古董
去生长吧,闭紧嘴巴,像树一样
去不抱希望地等待,心怀涟漪
去害怕,坦诚内心的恐惧
去原谅些什么

看那因烈日暴晒而变得枯萎的花朵
不得不低下爱的头颅
它在绿叶的掩映下寂寂地卧着
风吹来之前它已宽恕了太阳

没有什么值得我们走进疯人院
争斗是人类最愚蠢的恶行
你我终将排着队离开,走得
干干净净。连同那未被治愈的
疾病,怪癖,半生不曾公开的隐秘
也不留一丁点儿痕迹

寄 居

最后，你还是接受了这样一个
事实：只要你愿意
没有什么是不能接受的
比如，在天堂小区
驻足于几十幢高耸的楼宇之间
你仰着头，随手一指：
瞧，那是我家
没人知道，虽然某一个正方形
安置了你的身体
灵魂却依旧在找寻家园的路上
你越来越明白，这世间
没有什么确定的事情
有的人，缓慢而隆重地走进
你的生命，却猝然离场
而在天堂小区
你隔壁住的可能是推销员、白领、护士
快递员、教师、妓女、小偷
画家、程序员、孤寡老人
话剧演员、留学生、无业游民
来来往往的身影
你从不关心他们是否会在某天消失
就算消失，你也不会心痛

而事实上，他们像一茬茬
新长出的韭菜，永远新鲜、蓬勃
却面目不清
你不得不接受这脱轨的生活
在荒谬中确证着它的合理性
混杂着油腻、辛辣和暧昧
味道的楼道，远比那储满
黑色秘密的格子间，更意味深长
你也渐渐习惯了
经过楼下那些裸女雕塑时
目不斜视
你甚至有些同情她们
那些冒牌的古希腊女神们
披着一身黑黢黢的污渍，孤零零地看着
大地上发生的一切，一年又一年

迷 路

我如一枚迷路的细菌,茫然地
穿梭于城市的腹腔
在拥挤的五脏六腑之间
找不到安身之处
超市变身心脏
电影院和广场是肝或者脾
快捷酒店是肺
饭馆是饥饿的胃,马路是肠道
来往的车辆是涌动的血液
偌大的迷宫,布满了圈套

这嘈杂的大街小巷,乐此不疲地
虚构着它的盛景
黑暗中湿热的风像洪水冲垮堤岸
令我更加恍惚
一步两步三步,大踏步
步步紧逼。每个夜晚
我都重复这机械的路线
有时像战士,有时像逃兵
心中没有悲喜,天亮前
幽灵般地,没入某个漆黑的楼洞

愿你原谅我

愿你原谅我,就像我原谅你那样
就像你宽恕那些恶毒的人们
让他们免于刑罚的苦痛

愿你我之间,自此拥有更多的裂隙
除了阳光照进来,还有蝴蝶偶尔驻足
愿你允许蝴蝶,代替我离开这儿

愿你原谅我,原谅我如此活着
长着一双不会飞的翅膀

虚 构

我写诗。编造一行行句子
同时也编造我的人生
并非仅在纸上。还在火车里、暴雨中
床单上,一个不该去的城市的曦光里

我用全部的生命来虚构着我
幼时的理想:行走江湖
做个放浪形骸的女侠客
但是我虚构的那匹白马
半道累死在通往江湖的泥潭里

我想要缠绵悱恻的爱情,因此我虚构了
一个个面目不清的英雄或书生
他们千里迢迢赶来与我相见
又弃我而去,下落不明

为了摆脱这一池死水的生活
我去冒险,火中取栗,悬崖边摘星星
被人误解成疯子或傻瓜
我狂笑时有人朝我身上扔石头
我痛哭时有人轻轻捧起我的脸

在失控的坠落中我脱胎换骨
在甜蜜的陷阱里我重获新生
我仿佛拥有了某种超能力
在黑暗与光明相融的瞬间
我虚构的那只笔，从手中掉下来
啪地一声——将我从梦中惊醒

写诗还有什么必要

写诗让我们彼此看见、靠近、取暖
也让我们将彼此推开,互相伤害
写诗令我颤栗
也让我蓄满难过的泪水

仍旧写,但不敢再相信什么
也不再试图以诗获救
词语如子弹,无情地射向我的心
一次次,一年年

如果我们只能在诗里相亲相爱
如果我们只存在于对方的想象中
那么写诗还有什么必要
那么戴着面具写诗还有什么必要

我们跌进命运的河流里
翻滚和呼救,还有什么必要

短 昼

你故作随意,把视线移到别处
我就颓然地低下了头
像霜打的苦瓜
时值南方干燥的春季,没有任何时辰
比此刻更加虚空
在一把崭新的椅子上
我的喉咙千疮百孔如一万匹烈马奔腾而过
困惑如竹苗生生不息地拔节生长——
我为什么要来到这里?
我为什么要穿越两个省份
怀着浪漫主义的怪胎
让地铁里呼呼的风声把我送到你面前?
我为什么要把这一生
最大的失败,清晰地向你展露?
在凌晨五点的地下通道
我拖着一条隐隐作痛的右腿
再一次哽咽
并发出在这座城市的最后一声叹息:
为什么上帝安排我们相见
却又自始至终
牢牢地堵住了我们各自的嘴?

匆 匆

欠你一声问候,欠你一次告别
欠你一杯酒,欠你一段
来不及开始的爱情

我即将回到原来的生活
如鸟归笼
那儿是一个战事连绵的战场
却收容和消化了我所有悲戚的夜晚

我不会再来这座城市
它目睹了我的孤独和无助
并很快将我遗忘
而我的记忆,粘稠得像
一块被啃过的甜粽

不久后我也会像大门口的上空
突然停驻的白鸽
在你浩瀚的人生
除了一个恍惚的影子,什么都不留

爱一个诗人

爱一个诗人,不仅要爱他写的诗歌
爱他的才情、孤傲和耀眼的光芒
还要爱他的疲惫与眼睛里的忧伤
爱他沉思时盯着的纸张和落笔的手势
爱他的欢笑与疼痛,爱他受到的误解
爱他的好习惯与坏习惯
爱他走过的山川,看过的朝霞,饮过的烈酒
爱他那像谜一样的过往
对于他的妻子和孩子,你可以不爱
但要保持遥远的敬意

爱一个诗人,即使一年见不了几面
也要相信明天就可以重逢
爱一个诗人,你要给他写诗
但不拿给他看,给他发短信
但绝不打电话
一旦爱上一个诗人,你就得把自己活成
一株植物
那短暂的一生啊,全部用来开花

一首诗

一首诗生着刺,白玫瑰一样
奔向你。一首诗毛绒绒的
带着试探的属性,小猫一样
挠你的痒。一首诗产自热带
穿越山河湖海,异域的小风
一吹,就把你醉倒
一首诗旁若无人地摇曳在荒野
整夜修正那寄居者的不明身份
一首诗识五谷,辨草木
擅长虚构一个盛世粮仓,供你享用
一首诗在江湖闯荡多年
除了爱你一贫如洗
一首诗幻化成光,照深渊
也照我们疲倦的双眼——
现在,它们微闭着
像蜻蜓轻轻抖动着双翅

杳无音信

距离让我感知到某些隐秘的事情——
譬如风熄灭了蜡烛,却点燃了大火
分离让我们陷入平静却烈焰灼心
如今我住的地方,三面环山
杜鹃夜夜啼鸣,在我窗外
从黄昏到黎明。有时天上
飘起了雨丝,鸟鸣里波浪滚滚
让我想起,曾经那些温润的日子
你就在身旁,我的心轻轻飞起来

多少个无语独坐的深夜
我从初春坐到寒冬
从青春期坐到暮年
胸腔里的火熄了又燃起
杜鹃声声泣血,向北而鸣
我也一样,每天坐南朝北
然而那个方向
从来没有一只鸟飞来
从来没有一个人传来消息

去往桃花源

请不要用好奇的目光打量我
我最淳朴善良的乡邻们
嘘——请不要惊扰睡梦中的鸽子
我只是过路人甲乙丙丁
是衣衫褴褛的流浪汉甲乙丙丁
是两手空空的理想主义者甲乙丙丁
是那来自地球上最偏远的莲花小镇
的老木匠最小的傻儿子
不小心弄丢了赶路的盘缠
和一只相依为命的小白驹
前世我曾是那富甲一方的土财主
守着良田万亩也守着无聊的时日
今生我远走他乡踏破铁鞋
只为找寻一个名叫桃花源的村子
去探望我那素未谋面的兄弟们
他们已把清风备好，明月备好
只等我这迟归的小弟来团聚

眼前这个人

眼前这个人,她一身的毛病
并处处与我作对
我说东,她偏往西
我说立正,她头也不回地跑开
我用指尖戳破那肥皂泡般的梦
她在床上堆满花花绿绿的大气球
她脾气暴躁、耍小性子,闯下的祸
都由我来收拾
她迷恋游戏,常扮演小丑
幻想有一天跟着马戏团走四方
她不够漂亮,也不怎么聪明
我经常喊她笨蛋——她也不生气
她喜欢找一些稀奇的玩意儿
却总也找不到心爱的人
我对她失望又可怜她
这个一身毛病的人,这个爱瞎折腾的人
这个犯了错一脸茫然的人
被我收留,她在我身体里
找到了家,我在她身上
发现了藏匿多年的自己

黑衣人

隐瞒行踪，隐瞒潜伏者的身份
把行头藏在黑咕隆咚的地窖里
夜半掌灯，细细装扮一番
看吧，天空紧闭着嘴巴，像个黑洞
一块碎银子扔下去，听不见回响
一些事情正在发生：
蚂蚁爬上了老虎的背，城西瞎子家
出了个状元，金屠户失踪的小娘子
平安归了家，不会说话的
小和尚，拥有了一副好嗓子

我有魔法棒，会逃遁术
喜欢冒充侠客。我没有同谋
也没有仇家。只在风口浪尖上露面：
失忆者的梦。千钧一发的战场
泄露的情报。毒蝎女人的心肠
没人能看穿我的小伎俩，也休想认出我
我就是那神秘的黑衣人
扎小辫子的瘦姑娘

降 落

有一条凶吉未卜的路,在前面
等着我。有一个面目不清的人
在夜的尽头,望着我
有许多个惶惑的日子,在身后
追随我。眼前水雾重重
如舟行海上,沉没的船尾
嘴角下垂。人世的风雪来了又去
没有什么能代替那货真价实的冷
心里有些微小的火苗
寒风一吹,就烟花一样绽放
刹那的光芒,覆盖我
像神的大手,轻轻落到我脸上

你是令我绝望的甜

你是我人生试卷上，那道未曾解出答案的难题
而它或许永远无解。你让我看见
光阴之河倒流了一年，三年，二十年
你从陌上经过，却无意赏花。你让一夏天的风
染上野蔷薇的香而不再消散。你是冰山一角
喷涌而出的滚烫的水，激起大海上
从未有过的涟漪。你是慌乱中认错酒杯
而滑进别人嘴里的玉酿，是近在眼前
却触碰不到的远。你是一首诗结尾处的
悸动和喘息，读你便意味着
在词语的火焰里流浪。你是蚊虫叮咬在胸口
却不忍抓挠的痒。你是一出场就被困于喧嚣中的光
霓虹灯下的落落寡欢，来不及告别就已离开的情人
你还是那漫无边际的空，是沉默，是一朵玫瑰
颤巍巍盛开在刀刃上的诱惑
你是我迷恋多年如一日却不敢承认的渴望——
我们头顶的夜空群星璀璨，而你就是
那深不见底的暗。在广阔的阴影中
你能轻易找到我的脸——
这死亡般的寂静令我羞怯和狂喜，此时你便是世间
一切可能存在的默契——
再美的白日梦也终将被现实的毒瘤摧毁，而

所有虚构的事实,构成我经久不愈的一场病
有着令人绝望的甜

途 中

临窗而坐。七点二十的大巴车
提前驶离熙攘的经十路
同伴们小声说笑,一张张
冒着热气的脸。如此饱满的时刻
适宜平静,适宜假寐

我不曾见过的毒日头
打在了沾满污垢的蓝色窗帘上
分别后的第十四日。我开始陷入
书写的困顿——所有的城市
长着相似的面孔,人群也是

茂密的植被覆盖在路旁低矮的山丘
木亭子公交站牌下空无一人
这是济南的郊区,这一天从八点开始
转瞬即逝,人间的一切转瞬即逝
只有那一路繁茂的枝叶,暗藏心事般的
没完没了地绿着

我是我自己的抛弃者

大地之上,树根收容了落叶
人群之中,我抛弃了我自己

走进庞大的夜,寂静
远比黑暗更持久

上帝在什么地方伤害了我
就会在什么地方佑护我

作为交换,我必将匍匐在地
掏出肺腑,交出敌意

他给我残缺的生活
我不必还他一个完整的我

大雪簌簌落下,无人将我扶起

大雪之夜

大雪封山。夜晚守口如瓶
我是否该烫一壶好酒
等你。在江湖之远
一定要醉,免得说离别

半个月亮爬上来。微亮
接近入世的灯盏
你卸甲归来
把喜悦盛在掌心

我们无需把沉默唤醒
一言不发,在内心留下一块空地
悄悄把来路隐藏
这世界,只剩下我们的山河

我坚硬的壳里包裹着柔软

那只悲伤的刺猬,是我
那株沉默的仙人掌,是我
我以利刺,赞美这虚无的生活
无人靠近,我便孤芳自赏

那只有着柔软嘴唇的刺猬,是我
那株有着湿润根须的仙人掌,是我
我的敌人是我自己,我的背
刺痛的是我的心
我坚硬的壳里面包裹着柔软

致岁月

此时谈离别尚早。我的身体变得沉重
当时间深处的轰鸣声覆盖过来的时候
我的并不漫长的一生被一览无余地摊开：
血液、骨骼、毛发，我所有的气息
都被你改变。我的日渐粗糙的双手
——那仿若鸟儿的左翼与右翅
承你厚爱，它们因困惑而被自由赦免
而我的热情、稚拙，我的青春期
我出生时的第一声啼哭，已被风雨剥蚀
被你飞速转动的车轮，碾成粉末

——还剩下些什么？一生的浮光
不得不说出的恐惧、羞愧、孤独
还有那莫名的罪感？
——你掠夺了我所有的美
只有石头般坚硬的意志
匍匐在你巨大的脚掌下
而那颗碎成几瓣的心脏
正在拼命地愈合，并企图向你妥协

湖

我是绿的,清凌凌一片
我怀有信念。我宁愿流淌
拥抱满地尘土,而不是这样——
无论四面八方的雨
有多狂暴,我都吸入肺里
不做任何反抗
越来越多的水进入我的生命
他们与我一起呼吸、流动

很多时候,我仰头看那些漂浮的树叶
却无法真正看清他们——因为过于亲密
我身旁立着一棵树,他的树影
投映到我身上,黑黝黝的
一团又一团。那些干巴巴的叶子
丢失了水分,除了我的心别无去处
他们构成我身体的一部分
但后来,时间与狂风一次次将我们分离

大多数时间,我平静,少有波澜
我将不朽还是很快消失?直到一个女人
来到这里。每一个夜晚,她在我身上
寻找她自己,一个模糊的影子

我在她的眼睛里看到
黑漆漆一团，那是区别于白天真实的我

她在我身旁踱来踱去，想着心事
背后有冷风、野兽、星光或小人
她朝我甜甜地笑，有时又流下眼泪
她双手温柔，妄图打动我
后来，一个背影佝偻的老妇，渐行渐远
再也没有出现。而一个少女
永久地沉睡在我的梦里。她静静地躺着
呼吸平缓，像一条不死的鱼

水 系

如果在出生之前，我能预知人世的苦难
我必拼死表达对降生的反抗
但我的啼哭，预示着一系列
悲欢离合的开始
我的眼睛，那储满一生水系的源泉
拒绝睁开——它们清澈、无知
明亮如水晶，还不知道今后将与污浊
和丑陋的事物相遇，并变得模糊、浑浊
和疲惫，一次次地在黑夜里无法闭上
后来，我向大海学习哭泣
我体内的各大支流，才找到它们的江河

空

我不再年轻，活得粗糙，空有
一副好皮囊，浪费这美好光阴
我悲伤，心有暗疾，习惯
打碎了牙齿连血一起吞下去
一双腿，总是误入歧途
一双手，在空气中空着
什么也抓不住
一张嘴，大张着，不知说什么

我羡慕一朵云，来去无踪
由大变小，再变无，没有疼痛
我也曾有过爱情，因为爱他
而承受了无尽的挫折，如今
我满怀秋风，在夕阳下的十字路口
伫立，像个烈士。有时候我会
突然捂住肚子蹲下来
我体内储藏着大量不被消化的铁

那儿

那酷热是昨日午后未散的灰烬，在街头
流连。那浓烟，冲破令人费解的
你我的余生，在梦的树杈间飞翔
又降落。你看见，古老的童年
歪靠在废弃的工厂边，倒塌的城墙
生长着多年后意外踩踏
的青苔。时间在后退中，枯藤
开出白花，瀑布也会倒流进山顶
你找到逆向行驶的理由
当眼睛仰望深渊，掌心发出新芽
狂风暴雨中，所有的呼喊
都是无言的祷告。一个从几十年前
走来的人，睁着血红的眼睛
他就站在那儿，熟悉又陌生

物是人非

一帘冬雨如期而至,静悄悄
内心锦绣的女子临窗而坐
点灯,煮酒,研墨,画梅
顺便掐灭落在额头的一滴水珠

归来之人潜伏在别处,声声低语
是臆想还是梦魇?
她开始融进夜色,低头饮酒
眼神里溢出薄薄的霜,化作朵朵白云

往事浮上来,一页页薄薄的纸片
一个女人年轻的旧时光
再也不会,卷土重来——
她在十月就挥霍了她的冬季
她的余生再也没有火焰

一个人的孤独不值得炫耀

总有一天,我会从混沌的梦中苏醒
在陌生的十字路口,我的孤独
离死亡的心跳更近了一步。那些
我爱或者爱我的人,吐出芒刺
一点一点,刺入我的心肺

这具善与恶交织缠绕的肉体,从来
不曾与任何人和解。像个傻子
我每天赤裸着灵魂,在盘旋的巨浪中迎风流泪
有人驻足观看,有人装聋作哑
这张幽怨的脸,该如何遮掩
尖细的羞耻,才能走过缓慢的一生?
该如何改造一个个退化的器官,才能
成为黑压压的人潮中最普通的一个?

更多的时候,我攥紧仅有的
一丝锋芒,沉默成一粒砂石
我知道,一个人的孤独不值得炫耀

我允许痛苦不请自来

我允许痛苦不请自来,允许
体内的海水潮涨潮落,任其汹涌
一个孤军奋战的人,终是躲不掉
命中的歧途和围困

我决定卸下虚幻的翅膀,就像脱掉
美丽的外衣一样毫不犹豫
此时我离现实如此之近,近到鼻尖相触
认清人世的本质需要足够的胆量
我看见遍地都是膨胀的野心,吞咽着
城市,钞票,时尚,美女和病毒
如那误入狼群的小羊,我只得投降于
他们的圈套——该来的迟早会来
我的心在下坠,下坠……

这不可抗拒的力,令我清醒
并且绝望。我不再颤栗和恐惧
而是一头扎进它甜蜜的陷阱
顺从它,"此心安处是吾乡"
我倔强的本性使得我用善良
和柔弱,接纳一切残酷的事物
这是极其自然的事情
自然得无法拒绝

我欢快地哼起了歌儿

她们都熟了,像一粒粒
饱满的浆果,颤颤地摇晃在枝头
而我,还没有长大
刚刚从深草中露出蘑菇的头
我看见的天空蓝得没有杂质
六月就要到了
我也穿起了翠绿的连衣裙
裸着一双光洁的腿
微微鼓胀的乳房,被她们取笑

但心里藏着喜悦
去见一个人的路上
空气是甜的,让人发晕
他的样子,早已刻在我的眼睛里
我就要长大了,真好
路旁的枝叶沙沙地摇晃起身子
我欢快地哼起了歌儿
仿佛是一枚羞涩的果子
刚刚露出了它的鲜艳和清香

晚来天欲雨

归来时天阴了下来，一些事物正在消退
悄悄藏起眼角的笑意，热浪轻拂过黄昏
悄悄默念你的名字，今夜的雨滴将与
布谷鸟的鸣啼，一起落进酒杯
为什么暮色总能轻易地遮蔽回忆的内部？
为什么大地上生长着如此美丽的秘密？
如果不知忧愁的桑雅妹妹来借小花伞
我就告诉她月光如何在涌动的大海中
碎成了金子
告诉她生命中有些迷人的夜晚没有悲喜
如果桑雅妹妹的小白猫不来蹭我的腿
我就不会害羞
我就拉着她的手去窗边听听那密密的雨声
像梦一般的
像梦一般的真实和遥远
胜过世间任何语言

某 刻

她抱着我大笑,又仇人般地
将我推开
她捂住了眼睛,大张着的嘴
止不住地喘息
她刚从夜跑的操场归来
她说,今晚的月亮真瘦啊
像哼唱一句情歌

最近,她又迷上了两个女人
一个叫西蒙　波伏娃
一个叫西娃
她们的书凌乱地堆放在床头

她说,如果我不曾写诗
就不会知道原来我是这样孤独
如果我不曾读过她们
就不会再次拥有勇气

可我只想简单地过完这一生
她喃喃道,抱抱我吧

我双手交叉
轻轻搭在自己愈发消瘦的肩上

我忘记了

我忘记了一些重要的事情
像滴水穿石,不落痕迹
这是意料之中的,就像
现在是秋天,我忘记了
春天和夏天的阳光
曾怎样温柔或暴烈地覆盖我的额头
现在我二十四岁,我忘记了
那个十八岁的少女内心中
是否经历过潮汐般的涌动
我忘记了,我的童年,我的苦难
我曾有过的短暂的欢乐时光
一个背井离乡的孩子是什么时候
把城市叫做母亲
我什么都忘记了,我的身后
是一片苍茫的大地
空空的,大雪般的白
那些保留多年的伤痕和执念
如今也都不见了踪迹
除此之外,我还辜负了一些善意
一片片枯黄的叶子在我面前飘落
万物皆会自然平息下来——
这缓缓流淌着的日子
过不了多久我也会忘记

没关系，生活

你甩给我一记耳光，我摁住血红的手印
你囚我于十二平方，我以头撞墙
你赐我以嘲弄和羞辱，我全盘接受
没关系，生活

把白天当成黑夜，把黑夜当成白天
把白天黑夜碾成一页页翻烂的纸
你投我于黑洞般的人间锅炉里熬煮
没关系，生活

如你所愿，每日我如冬眠的鼠
除了昏睡，便以空气、水、少量的粮食
豢养自己，也一并豢养
体内的懒惰、虚弱、不甘
和不断胀大的与这世间的罅隙
没关系，生活

你将我打趴在地，并从我身上踩踏而过
没关系，生活

我有夜夜不眠的思念

我心里藏有一片被春雨浸泡过的原野
和一匹猎豹。原野上茂密的植物汁水饱满
而猎豹日夜忙于奔跑。我的眼睛时而泛起
翻滚的潮涌和蓝色火焰。我总是梦见
暴雨来临之前我们走过的那一段青石板小路
缤纷满地,我们脚下通向没有尽头的远方
露水清凉的气息整夜整夜地肆虐生长
这是我为数不多的短暂而隐秘的欢欣时刻
有时梦中那些沉入水底的鱼儿突然
变成一个个跳跃的动词,浮在你的嘴角
我喜欢这欲言又止的时辰,一切缄默不语
我曾想过中断热爱,今生就此别过
也想过悄悄掩上梦的门扉,将你幽禁在此
使你免于任何爱情诱饵的通缉
但我羞于向你开口,羞于说爱
我没有说出的还有更多——
我有夜夜不眠的思念

月光依旧恩慈

掰着指头度日，一天，两天，三天……
而你的影子依旧挥之不去——
往事坚固，回忆是脆弱的
一个总是被月光无端刺伤的人
该怎样安度她的下半生？
无需任何提醒，我一再地忆起
那晚的月光，丝绸一样柔软
月亮在树梢上静静地看着我们
你静静地躺在我身旁
像一条大河，缓缓地流过黑夜
流过时间，流过我稚拙的生命
你的眼睛是水中升腾起的暖光
你的嘴唇是海岸线上柔软的细沙
你的呼吸仿佛大地轻轻的起伏
月光依旧恩慈，河水还在流着
而我们的爱情，长久地沉积于河底

刀刃上的时光

时间的刀刃划破生活的脸
我所拥有的春光已所剩无几——
该怎样证明曾经活过的
那些真实的日子?
有人在刀尖上咆哮
有人在刀尖上打坐
还有人纵身投入世俗的热锅里
将自己煮成一汪沸水

我不愿在庸常的人世间活成一个标本
即使我常常怀疑内心里涌动的波澜
是否真正存在过
但有人总能将我从茫茫众生中一眼认出
那个朝着无尽的夜色
一直往前走的女子就是我——
她永远背离灯火
比起城市中的霓虹
她更喜欢旷野里的风
她清澈,不擅长告别
她总是在分别时悄悄转身
并忍不住热泪盈眶

对不起

时候到了。你来看我
一朵白云尾随你身后
那汪平静的湖水
倒映着我们的影子

一阵又一阵的大风
吹乱了我的衣襟
现在,命运的火苗
正马不停蹄地向我奔来
鼓楼突兀的钟声吓跑一对嬉戏的鱼儿
我突然想跑开,跑到天边

哦,真是对不起——
我必须以这样的方式,向你证明:
我是你听过的风声中最弱小的一抹
我是你见过的海浪中最沉默的一朵
我是你爱过的女人中最胆怯的一个

九 月

九月是一个悲伤的月份
九月的天很高,很远
九月是一杯无人对饮的苦酒
九月是一张纸的空白,是一场
持续三十天的重感冒
其间伴随着喷嚏、咳嗽、梦呓
被火灼烧的痛感和流眼泪
九月的雨下在了八月的伤口上
腐烂的花朵,一朵一朵掉到地上
九月啊,一眨眼就过去了
爱过的人,早已走散在晚风中

那些令我恐慌的

从来没有感到如此压抑与恐慌
在医院,我的内心是时刻都被提起来的
我的每一滴血液都是沸腾的
每一颗细胞都是拒绝呼吸的
每一个毛孔都因紧张而瑟瑟发抖
而我见到的人,穿白衣服的
大多面无表情。其他的
大多面如死灰,眉头紧锁

那些空气里四处飞扬的
消毒水气味,令我恐慌
那些自由行走的床铺,床铺上
雪白的被子以及被子下面
静静躺着的肉体,令我恐慌
那些随意穿梭如幽灵般的医生和护士
以及他们手中拿着的诊断书
和医疗器械,令我恐慌
那些写着"重症病房,不得入内"的
房间门口,那些庞大得能把人吞进去
再吐出来的检测设备,令我恐慌
那些任何人皆可入内的住院房
拥挤的电梯、迷宫般的楼道,令我恐慌

那些夜间不关闭的房门,巨人般
悬挂在两个病床之间的帘子
以及半夜时分,护士进来查房
没有声响的脚步,令我恐慌
那张让我在晚上勉强躺下而
不能翻身的窄窄的折叠椅,令我恐慌
旁边病床上躺着的,因疼痛
久久不能入睡的母亲,令我恐慌

在医院,我多么想跟一个人聊聊
我的恐惧,我的脆弱,我的不安
我是多么想离开这里——
但我不能说,跟谁都不能
——这心底的秘密
常常令我在半夜惊慌地醒来

永远的抵达

一个中国从东到西的路途,就是
我们之间的距离。但我无法
一眼望穿。大河、高原、盆地
那些胸怀宽广的母亲们,用慈悲的
臂膀,轻轻推开我霜白的视线

一刻都停不下来——我十七吨的眼神
压垮山巅,汇成一条奔涌的黄河
这山洪般凛冽的爱,一边飞翔
一边泥沙俱下

为了抵达你——我素未谋面的爱人
我甘愿把自己粉碎,被大风刮走
成为一滴沾在你睫毛上的露水
一颗飘入你眼中的沙粒
一丝落在你衣襟上的灰尘

无 题

该怎样把流入一个人一生中的水，都赶进大海
该怎样把一个人手心里攥紧的风声，都送回天空
这些年，我经过许多河流
它们喂养我、洗濯我，进入我的梦境
不知不觉我也像水一样流淌，流向我的命途，流向你
而在深夜，我无数次与骨头里的风声不期而遇
它们像火山一样在我身体里藏匿、密谋
就这样，我的内心有时盈满，被滚烫的水灼烧
有时空荡荡，像世上所有人都抛弃了我
这样想着，我就想哭
就怎么也止不住悲伤

而你还没有来

我有点难过，就是现在
什么都看不见——太黑了
我坐在幽暗的夜色里
人间似深渊，深不见底
而你还没有来

一生中，惊心动魄的事物
我从未见过，除了你
除了你，向我涌来的
都转瞬成灰烬，我常想
那遥远的星光，将何时
照耀我心田？

有时我会虚构一场假想的对话
你沉默依旧，目光激起的涟漪
灼热如炭，我想躲但躲不掉
越来越多的美在消耗
我多想找到你——
像梦里一样，轻抚你的脸
而时光无情，梦早已破碎

这么久了，你还是没有来

她和他

她坐在落地窗前读卡佛的诗
爬山虎顺着墙头探过碧绿的枝叶
一小块阴影落在她的手背上
卡佛写给他第二任妻子苔丝的诗句
击中了她——
伟大的诗人从不吝惜说爱
她有些隐隐地羡慕那个女人

隔壁房间里传来低沉的民谣声
她知道他的心情不错
一整个下午,他们分别
沉浸在各自的世界里
桌子上那杯温热的普洱茶
是他泡好送过来的
楼下那条缓缓踱步的黄狗
是他养大的
腿上摊开的这本我们所有人
是他最近翻阅过并做了标记的

今天她所有的喜悦
都来自于他
还有一点点伤感
来自她自己

像卡西莫多一样活着

一场无法选择的降生,我自打从娘胎里
就把未曾谋面的美,给了你
把正常的面容,基本的思想,完整的肉身
全部给了你

把父母给了你,成了孤儿
把自由给了你,成了傀儡
此刻,我活着,气喘吁吁
准备一点一点、一厘一厘地
把所剩无几的光阴、良善和爱,也给你

为配合教堂顶楼的大钟按时响起
我把听力和声音给你
留下一个什么也说不出的干渴喉咙
为呼应大军攻城城欲摧的狂风暴雨
我把蹒跚的脚步、佝偻的驼背也给你

把人群眼中没有的光亮
心脏缺失的跳动、血液里流走的血红
都给你
给你给你给你——

最后只留下一点力气,足够我爬得动
几米的路程
当我抱紧爱斯梅拉达,抱紧雷霆
我这把丑陋的老骨头,也一并
给你——

身不由己

越来越深陷往事,越来越
身不由己,我的心
已经跟随你走了很远
只剩一副空空的躯壳
懒散地虚度余生
就像吃一颗糖,想你时
沁入舌尖的甜,一点点变苦
变咸,再变疼
柔软的往事摊开来,你的笑容
声音、步伐、体温和离别时的背影
在我体内轰鸣,焚烧,燃成废墟
最后长出一个新的你
苍茫中你走向我,像一个刚出生的婴儿
像第一次赴约,像一个诀别者
像世界上另一个我搜寻一双似曾相识的眼睛
这样想着,我就忍不住掩面而涕
忍不住备好足够的露珠、春风和蔚蓝——
我怀念你如一条大河从身体奔流而过
我怀念你如昨夜星辰清澈而高远

他

很多时候他是清醒的,很多时候
他假装糊涂。更多的时候
他追求浪漫,喜欢做旁人
无法理解的事情

他城堡一样坚固的心,有时
也会被尘埃覆盖,他愿意
变柔软,也想过从头来一回

他藏着一个小秘密,糖块般的甜
甜得就要化掉了——他宁愿它化掉
也决不与人分享

他不愿被谈起,在女人们
好奇的目光中,他更愿意
留给她们一个背影

但你们看啊
他笑起来的时候,弯弯的嘴角
那么美,那么美——
就像一朵含苞待放的秘密

问

问老天一百遍为什么,老天不语
问自己一万遍为什么,一个疯子
便出现在天桥上

桥上,跪着一个乞讨的女孩
桥头,一个保安正晒着太阳
穿病号服的老太太提着一袋
正在漏汤的饭菜

我找不到一个人来倾诉我的困惑
只有狂风无限地贴近我
它伸出刀子般的舌头
似是安慰,又像是警告

遍地的流光反射着一个徘徊者的孤影
滔滔浊世,谁不是无家可归的罪人?

我在黑暗中闭上了眼

我是一栋纸做成的房子
它虚弱、无力、一戳即破
却又盈满了爱你的野心
我体内有一堆待燃的篝火
你手持火种,点燃了我
我一次次地在摇曳的风中
确认着我的失败
我一次次地在熊熊烈火中
焚烧那薄纸般的躯壳
没有人比我更贪恋那肆无忌惮的疼
没有人愿意陪我跃入深渊
夜那么黑。我在黑暗中闭上了眼

但是我爱你

那时我们说很少的话,少到近乎于无
就安静地坐着,直到天暗了下来
你远得像块冰,我生命中必然降临的寒冬
提前到来——多么顺其自然的事

但是我爱你,爱你磐石般的沉默
但我不能向你索取更多,决不能
你眼眸里的光,心底的暖
并不曾属于我。你唯一的爱——
如果你不愿拿出来,我也没办法

但是我爱你——再无别的退路
这绝望到窒息的时辰,提醒着我:
女孩要矜持,爱一个男人要把他藏起来
但没人教我该怎样隐藏
怎样在思念中,把他忘掉

那天早上的晨光格外温暖
瀑布般倾泻在我们身上——
在离别的火车站
那是我最后一次抱你
仿佛抱着我的一生——
一个即将消逝的幻影

屏住呼吸

一只鸟惊恐地望着七夕的黄昏久久不肯离去
一个男人远道而来寻觅一个少女的初吻
在苦楝树的阴影下,我们席地而坐
晚风是从西吹向东的,人潮自北向南涌去
一片树叶在你的左肩安然落下

离别有甘有苦,相见惆怅多于欢喜
你让我把想念当成祈祷,我希望你在无言中休息
你的一切正在消逝,你的影子是我的线索
你说美人面前要屏住呼吸,夕阳底下要放开爱情

那些无声的

夜里,骨头疼,像针扎进肉里
最疼的时候,想去护城河走一圈
有风从窗缝中钻进来
掀动起桌上的一张旧报纸
地板上时而传来鼠类跑动的声音
这间破败的屋子泄露了
秋天的一些秘密

有时,会恨自己,恨自己的虚空
以及那风雨飘摇的命
天冷时,躺在屋里,骨头疼
脑袋也疼,想家,想小时候
想天快点黑下来,这个世界
仿佛什么都不曾发生

童 年

记得在儿时,我曾以我的清歌埋葬了白日,
而现在这些歌早已被遗忘。
　　　——维吉尔《牧歌 其九》

城内——囚禁我身体的围墙
投进黑夜和坚硬的果核
我在那个初春藏起自己的童年
锈蚀的肋骨被蚂蚁偷窃
弯弯曲曲的藤蔓裹挟着发霉的心事

我所期待的白,是草根下的小虫
打出的细碎的鼾声
多少次在梦中越过葡萄架和瓦檐
我躲在土丘的暗处
庆祝自己悬浮在水面上的心跳
记忆在体内冬眠,蝴蝶在下巴上起舞
哗哗水声此起彼伏

推开虚掩的院门,走失的歌声从井底爬上来
我的村庄,在我的命途里生出饥馑
嵌进去。我迎来一条大河般的宽度
那里有父亲、母亲,还有外人所不知晓的乳名
而这密密匝匝的歌声,甚于童年那场缄默的暴雨

你带不走我

这时候，你能看到黄昏弯起了腰
云朵开出白花，近在咫尺
我携着薄薄的雾气，闻讯而来，向你逼近
那些熟睡的泥土将我的疲惫一一拣拾

对视。你手持风干的菊花
把一路的方向悄然捕捉
我遗留下的脚印，多么模糊、昏暗
半截日头，在你的眸中跌落
轻轻浅浅的目光，在生生不息的鸟鸣中贴紧

我为你侧身，让路
陌生的影子堵住四野茫茫的水汽
躲不掉，避不开
宽大的袍袖里，你掏出远古的玄机
把我遮蔽

那发青的暮色，越过雾，越过云
一瞬间，我体内波浪汹涌
我的往事塌陷。我重如磐石
你带不走我暗藏深处的海啸
带不走，我的来路
以及那些轻如灰烬的心跳

梨花开放的时候

这些盛开的梨花像一场大雪降临
踩着细步奔向脱缰的故乡
那个令我的目光无法回避的地方
山贫草寒,村庄寂寥
柴门紧掩,菜园单薄
羊群入圈,鸡睡枝头
一座大山,臂弯里搂着一川江河

我看到那些捧起田水洗脸的人,用野草止血的人
那些用山歌取走寂寞和劳累的人
那些我端详过、攀谈过、敬畏过的父老乡亲
他们把脸埋进尘埃,舞着镢头
把岁月的风雪——斩断在青草深处

我看见山坡一个手执羊鞭的老人,表情黯然
泪水盈面。他的身后
是一座高于禾苗的坟冢
乌鸦叫过的山道,梨树遍体鳞伤

我多想成为那个老人
想和他一样身倚白云,弯腰咳嗽
想和他一样在多年以后
在梨花飘落中凝望着另一个我

火，或者刀

你熬了一锅汤，准备把痛苦煮沸
且不说它的色泽
能让一个面色铁青的人，看一眼
就会脸颊红润。雨过天晴的四野
到处开满孤独的眼睛，神采奕奕

你取出蓄积已久的心跳
添火，移挪，搅动
火苗上蹿，碎骨于无声中奋起
随之而来的重量自觉溢出

这并不代表草丛中暗藏着阴谋
你剔除眼中的砂砾
拼凑起东倒西歪的乱影，嗟叹
热度滚动，向远方延伸

所有的水，温和的、暴烈的
从未停止抽打自身的疼痛
多少年，那些你收集的刀芒
渐进消瘦，最后
轻于一枚钉子的重量

我要去看你

走吧,就是现在
趁夕阳正好,趁我正想你
我要着素衣,化淡妆,带着一颗
被爱情浸润得晶莹剔透的心
去看你

我要步行去看你,走山路
过小河,穿树林
一路上的景色都收入眼底
那些小草、野花、飞鸟、游鱼
和我一样,都是喜悦的

我知道,过了这道坎,再拐个弯
就在不远处,会有深不见底的夜
等着我。会有美酒,热吻
会有火焰,颤抖和满天星光

啊,一想到这里我就醉了
我要去看你
我要跋山涉水
我要一条道走到黑

谈 心

多年之后,我们终于可以坐下来谈谈心了
在某个暮色低垂的傍晚,秋天像个婴儿
在大地母亲的怀抱里,安然熟睡
我们坐在高粱地头上,那些耀眼的红
曾是我当年试图熄灭的心跳
风来了,沙沙响动——风总是
能够适时地吹散我们眼角荡漾出的
那层薄薄的苦涩

十月的天空有些高远,像我们
各自辽阔的哀伤,近在咫尺却无法触及
我们谈起了往事,岁月,风雪
以及一些开放后又凋零的花朵
我们还谈到了诗歌的火焰,麦子的针芒
还有囤积体内多年高粱酒陈酿的香

说着说着,时间就静止了
风也停了,我们两个
重逢的故人,也就老了
说的是什么,都不重要了
浅浅的月牙悄悄移到我们头顶
轻叹一声,静静地　望你心中
那些说不出口的悲欢,和爱

赴死之前

苦行僧式的生活吹弹即破
生与死只是一层窗户纸
随时可能合二为一
有些事情再不做就迟了

那就赶在赴死之前
先把抑郁症放一放
把 17 楼的高度放一放
把汽车的鸣笛放一放
把死亡通知书放一放
把医院雪白的床单放一放

回家照镜子
让累积多年的尘垢和风霜
连同衰颓和褶皱,全部照出来
换上英姿飒爽的好气色

跑到城中的闹市
找到那个乞讨的孩子
放下姿态,像一个和蔼的母亲
蘸着寒凉的月光,清洗他眼中的沙子

拽下假花一样的笑容
扔掉知书达理和绵羊的性子
对着身边麻木不仁的面孔
来一顿破口大骂

把三纲五常踩在脚底
把厨房抛在脑后
不带行李，跟着某坏蛋去天涯
冒险闯荡一遭

干完这些就死心塌地了
最后别忘记
发布死亡启事
告天下诗人书
那个大半生落魄潦倒的同行已死
口袋里，备好足够的钱
用以安排后事

你不知道的事

酒入了愁肠,巨大的渴
便从腹腔吐出蛇信子
就是此刻——
一个人的孤独
比风还轻,比水还软
比狐狸的眼睛,还魂不守舍
夜色如一条奔腾的大河,卷走一切
沉默和骚动,陌生和熟悉,相遇和离别
就是此刻——
黑夜即使裹上你忧郁的眼睛,你嘴角的漩涡
笑意盈盈,也无法将我认领
那颗心,是夏日里永不消融的雪
我只祈求天继续黑下去吧,让那些潜藏在体内
却来历不明的悲愁,都安然睡去
接着,我要继续写信,读诗,道晚安——
就像我爱的那个人
不曾来过一样

自 白

桌子上要有这几样简单的摆设：
一盏台灯，两三盆仙人球
一杯散发着清香的绿茶，几本
随手可以翻阅的书籍，管它是
诗歌、小说还是人物传记，都无所谓
最好再有一个不大不小的书架
那就谢天谢地了

说来惭愧，我一介中文系书生
没有什么大的本事
性本逍遥，最恨条条框框
天生还笨嘴拙舌，不善言辞
甘心远离人群，做一个
高傲的孤独症患者
仅有的一点才华和责任心，也肩负不起
记者般反映民生疾苦的大任

所以我决定，从哪里来
还要回哪里去
一间小屋足矣，屋前种野花
屋后栽垂柳
邀草叶上闪动的露珠入诗

学古人，晴天荡舟雨日煮酒
只要屋里装满纯粹的理想主义
它就是我安身立命的茧

忆 起

分别多日,回忆一次次穿肠而过
我总是无端地想起你
想起那些迷人的夜色,风很慢
风轻轻地吹过我们的头顶
仿若虚空的爱

雨后的街道人烟稀少
水滴在叶片上滚过
梧桐,合欢,金银木
花丛中的一群小蜜蜂和几只花蝴蝶
把我从金色的时光中唤醒

微雨轻抚脸颊,草虫低吟
我想起你衣袖上温暖的气息
唇边浅浅的笑意
曾将我严密包裹——

我感到体内有一场风暴在酝酿
在最幽寂的角落,我的战栗
忧伤、恐惧和泪水,即将涌出——
飒飒风起,细雨如丝
这一生,我所能攥紧的
也只剩下这轻飘飘的雨声

竹篮打水

嘈杂的人群中,熟悉的气息
往往是致命的。必须承认——
我对低头沉思的男人,有着
天然的好感,但你不完全是

接近一个陌生的灵魂
不需要任何理由。这多么好
因为你的无法抵达,我体内的
惊涛骇浪提前涌出——

多么无助的时刻啊!
我用目光一点一点地
微微试探——而你看不见我
就像星光,会被黎明淹没
仿若幻觉,你是滚滚东逝的流水
而我,偏偏爱上了竹篮打水

药片颂

那些白色的,红色的,黄色的
以及蓝色的,绿色的粉末
混合在一起,共同组成了这种
看不出任何颜色,却美丽
而妖娆的药片。它们光滑轻柔的身体
灵活地撬开我的嘴,在我颤抖的舌尖
不安分地搅动,最后竟唱起了
挽歌,陶醉到极致

它们试图以强力的药效,吞噬一个人体内
经年生长的不明物质。试图在一座
闲置已久的废墟上燃起篝火,喧宾夺主
而我这副病怏怏的皮囊,如同一个
巨大的吸附污浊的器皿,执迷于
奔赴未知的险途,哪怕是毁灭

我必须感谢它们,这指甲大小的药片
只有它们留下来了——那些我曾深爱
并坚信着的形而上和形而下的一切
都投身于荣耀,尊严和富贵
而这堆可爱的小天使,却义无反顾地
拥抱我这个暴露真相的恶人
与我体内泛滥成灾的恶,同归于尽

春风念

春风拖着柔软的身躯,步步侵入
这鬼魅的人间。来自南方
小镇的气息,像一块白布
打着滚,渐渐把我包围
这样的时刻
有了出去走走的念头

吐芽的柳枝,下河的鸭子
撒欢的牛犊:它们在闹春风
就连太阳,也放出了
藏了一冬的光
我站在河边
风把我的长发吹起来

风真大啊
我看到远山冰雪消融
水流滚滚,从河东到河西
灌木丛青了一大片

一切都是新的,一切就像
刚刚开始。去年我们走过的
那块麦地,后来我再也没有去过

而现在，只有一座新坟
孤零零地立在那儿

抱歉书

真是抱歉。那个初秋的早上
我咬着牙把你埋了
你终究没有等到八月十五的圆月
没有吃上一口我为你省下的月饼
真是抱歉。那天早上我还要上学
无法给你置办一场体面的葬礼
为了不让你与泥土化为一体
我临时为你备了一副棺椁
一个曾盛放糖果的旧塑料盒
为此我献出了
一个孩子仅有的无价之宝
真是抱歉。你的身姿美而飒爽
却冻死在了花椒树上。你全身
冰凉而僵直,像是干枯的草茎
你的前臂高高举起,像睡梦中
祈祷的少女。真是抱歉啊
虽然我每日陪你聊天
给你唱歌,为你捕捉蚂蚱与青虫
但我忽略了一只螳螂也有
属于自己的诗与远方
追求自由的权利
又是一个春天,埋你的地方

一株杏树默默地开了花,又
默默地凋谢。不久后
一枚青杏羞涩地挂在枝头上

我站在异乡的郊区

夕阳躲在那棵最高的银杏树梢上
风沙袭来的刹那
我几乎能感觉到轻微的晃动
惊醒了栖于树林后面的霞光
这是异乡的郊区
成片绿色的秧苗
是人们赖以生存的火种

麻雀们在草地上叽叽喳喳,搬弄着是非
清脆的声音里盛开着狂热和躁动
扫兴的是,这场火热的讨论
因为我的突然介入
而戛然停止,四散开去
我掐一尖绿叶,吹一个口哨
以便引来一两声迟缓的回声

然而,我唤不出三月的桃花和故乡的原野
我唤不出奔腾的江水
亲切的炊烟,和清澈的爱情
我只是用我格格不入的身体
吓跑了麻雀,还让更远的鸟儿
飞向更远,飞离它的故乡或异乡

现在,我就站在这里
看着夕阳缓缓地沉下天际,一言不发
像最后飞走的麻雀患着失语症
我感觉风沙席卷着一场风暴
堵住了我的喉咙

秋天到了

几片金黄的叶子在空中犹疑、徘徊
终于还是落下来了——
时至今日,我已安于宿命和天意
安于弯下腰拨开溪涧的碎石
独自理顺内心疯长的荒草

我站在夏天的最后一个黄昏里
像那没有赶上列车的旅人——
街道旁长势繁盛的草木
故乡上空洁白灵动的云
烈日下那个远去的背影
也都随着秋风的摇曳
变得越来越模糊,越来越灰暗
直至消失不见

多年来,我如一只懵懂的飞蛾
小心翼翼而又满怀期待
仿佛人生从未开始——
整个季节,我都沉浸在
扑火的游戏里——等候着新生

心 事

在雪地里跌倒
与在泥泞的地上跌倒
最大的不同在于
身上干净
即使不把雪拍掉
它迟早也会自己化掉
最多把衣服濡湿
而把雪花拍掉
就会像什么也没发生一样
完好如初
这多像我们的年纪
百合花一样洁白
心上的伤痛和阴影
只要放在水里洗一洗
便可抛之脑后
不见了踪迹
它来得轻盈
走得
也不会太沉重

返 青

时光喘息
我的记忆开始长草
与季节无关
一片片,一丛丛
四处荒芜

如果一个人可以如此生长
像牧草一样收割阳光和雨露
那么我要造一座院子
种上野菊,种上蔷薇
种上一点相思的苦

当鸦雀起落
当风吹木叶
我迎接暖意
再次返青

中文系

1

如果说师大是富丽堂皇的皇宫
那么中文系就是六宫之首
她仰仗着得天独厚的优势条件
就洋洋自得起来,伸着脖子仰着头
试图露出点儿锋芒,把天捅一捅

泉水淙淙,却不见了几千年前
那拨汇聚一堂拂柳对谈的文人雅士
山脉林立,冬天的枯寒会暴露她年岁已久
日渐枯竭的真实面目

她携着文学从古走到今
"天时地利、人杰地灵"的说法
已然被后人涂抹了一层厚厚的油彩
而被华丽的包装包裹着的内心
却呈现出磨损的迹象,微微的皱纹

2

中文系不在闹市,她隐居一隅
这儿群山环绕,草木鲜盛,鸟语花香

是个谈情说爱、吟诗作赋的好地方
这儿还住着贾宝玉和林黛玉
梁山伯和祝英台，以及李白杜甫莎士比亚
孔子孟子老子庄子加西亚　马尔克斯

这儿的教授个个披着长围巾，留着大胡子
一派旧时文人的落魄模样
或许，你还会在校园的羊肠小道上
偶遇一个仙风道骨的身影
当然，也有人戏太深的女教授
讲起课来声泪俱下肝肠寸断
和某著名演员的演技有得一拼

在阳光雨露的滋润下，中文系学子
既能吟出"大漠孤烟直，长河落日圆"的壮阔江山
也能联想到"枯藤老树昏鸦，小桥流水人家"的江南
小曲
然而更多的人，只能白白地
看着自己的想象力
在热闹喧嚣的青春里，渐渐消亡

3

话说回来，中文系也实在是微不足道
它只是被赋予了一个抽象名词——
找不到具体的地点，具体的发生现场

或许,她游弋在这些荒山野岭的外围
在我们看不见的远方,故弄玄虚
或许,她伫立在大洋彼岸的神秘岛屿上
那里,鲁滨逊正在海滩上晒着大太阳
凡尔纳又想起了什么鬼点子

在我们中文系,奇人怪才不多
勤勤恳恳埋头苦读的"书呆子"也不多
"高山流水遇知音"永远在书本上上演
在这里,不知曹雪芹性别者,大有人在
把卡夫卡认作动画片主角的,不在少数
一直未踏入图书馆大门一步的世外高人,也能觅到

中文系的每个女生
都是大观园里的一朵小花
有的开得正艳,有的含苞待放
还有的不知道什么时候开
风一吹,月经的呼吸在空中飘荡
大观园外面总是徘徊着
几个长满青春痘的后生
他们的自行车后座上永远
不会插着一朵产自大观园的小花
她们的去处通常是体育系
或是追随流浪歌手飞往远方
而不远处的高级轿车里
偶尔也会走出一朵小花,朝着车里

某个肥胖的男人作飞吻状

美人路小鱼白天出席各种交际场所
晚上摇身一变，成为先锋诗人美人鱼
认识一个男人就给他写一首诗
至今已经写了九十九首
直到遇见一个不知诗为何物的老酒鬼
在诗歌与男人之间，最终选择了后者

著名学霸吴东以一周读十本书的速度
迅速长成一个标准的古代秀才
同时以一个月追求七个姑娘
并连连惨败的事实，破了师大的记录
却在愈挫愈勇的道路上一去不复返

中文系的爱情绝不是浪漫主义小说
而是一部荒诞派文学
每个人都把读懂它当作毕生理想
然而最后也只能望洋兴叹

4

中文系，说到底也不过是一座围城
城外的人想进来，一探究竟
城内的人如鱼饮水，冷暖自知
一年级的学生把她当作一个传说

加文学社入学生会，初生牛犊不怕虎
二年级的学生把她当作一所乐园
逛遍商业街，走遍风景区
期末考试只能临时在餐厅图书馆开辟地盘
三年级的学生把她当作一张大网
新鲜过后渐感人生迷惘，于是纷纷
沉迷电子游戏这张小网和爱情这张大网
还有那张无形的人际关系网
四年级的学生把她当作一块垫脚石
不管考研工作还是出国，只要先把中文系的知识
恶补三天三夜，你就是一个合格的毕业生

在中文系，文学不再是通往"仕途"的筹码
入党推优评奖，系领导不管你爱文学与否
不看你是否长着一张文艺的脸
紧急关头，你只要
临时抱一下佛脚，动一点小心思
就会万事大吉，关关闯过
走出校园你也不必担忧
脑子里装着圣贤书
也装着满满的浆糊
只要贴上中文系的标签
大言不惭也是一种难得的勇气

在大多数中文系学子眼中
文学和中文系有什么关系呢？

文学是乌托邦，是天边的云朵海中的鱼儿
它不是场面隆重的正餐，而是
饭后小甜点，甚至可以被省略掉
而中文系是我们的栖居之所
吸收着中文系的养分不生产文学的果实
也可以在师大走四方

5

虽然我已练就一双慧眼
看透其中的玄妙
但我一直不肯承认自己本末倒置
我知道我确实做得有点过火
不该把文学深深地镶嵌在骨子里
不该"冒天下之大不韪"般决绝
以搞文学为由拒绝一切集体活动
更不该两耳不闻窗外事
为文学赴汤蹈火、抛头颅洒热血
从而差点荒废了学业

"哦，原来是不务正业！"
有人发现了这个所谓天大的秘密
挣着抢着伸过来一副好人的嘴脸：
中文系培养的教师、编辑、企业家
秘书、记者、国家干部遍地开花
连评论家都是稀有物种

唯独不盛产诗人和作家
还是戒了吧,把诗歌和小说戒了吧
文学不能当饭吃,大好形势就在眼前
舍近求远的事情,只有傻子才去做

当然没人愿意承认自己是傻子
中文系也不会存在大脑有病的人
充其量精神上走火入魔,误入了
太上老君的炼丹炉,一时半会儿出不来
只是我愚笨的脑袋,想白了头也想不通——
身在中文系,到底是"金屋藏娇"
还是独守空房?

相 逢

1

暴雨中赶路
落叶簌簌飘落为我践行
没打伞的陌路人
悠悠地散着步
一想起人生中这些无意的初逢
就心生喜悦
在世间,我曾无数次秘密地
与低处的一些事物相遇
多年后
一想起,便心潮涌动

2

这是属于我们的
第一个冬季
我相信,一定会有下一个
昨夜落了一场大雪
醒来,世界全白了
而你不在我身边

3

我早已疲于想念
并想过放弃
生活教会了我低头
没有什么
值得歇斯底里
天一直灰蒙蒙的
我的心，如那
打翻在地的颜料桶
像乱世，像遗址

4

我曾是火焰，渴望燃烧
命运却发给我一张白纸
我用尽小半生
一边涂抹，一边自焚

5

爬一座山，只爬到半山腰
爱一个人，从他的下半生爱起
晚风荡漾，心底有一扇门
因他打开，又因他
轻轻阖上

6

每一天,我依靠回忆
和想象,撑到黑夜
每一夜,我借由梦境
证明一个事实:
你顽固地霸占了我的潜意识

7

我去爬了山,渡了河
还去大明湖畔转了一圈
我还想去看看你
可是太远了。我们之间
隔着太远的——除了距离
还有别的什么

8

突然想起几年前,我走在
故乡的山道上
碰见一路的草木和牛羊
那时落日就在我的正前方
对着那片金黄,我胸腔里
涌起了莫名的哀愁
我第一次因为心中空旷

而放声哭泣

9

生而为人,我感到抱歉
生而为女人,我感到绝望
我该如何抚慰
内心深处那个受伤的小女孩?

10

我等得太久太久,我开始怀疑
等待的意义,我渴望
能与一个人,谈谈内心的恐惧
我渴望被碰触,被温柔
而有力地包围
我渴望遇见我的神明,他满足
我的匮乏,包容我的愤怒
治愈我的不安
我渴望拥有一双翅膀,带我离开这儿

11

世上的山水那么多
异乡的月亮总是不圆
令我怀念的事物越来越少

我迷恋的远方大雨倾盆

12

一个记性不好的人
一个身份模糊的人
一个受困于空气和尘土的人
想掘地三尺把自己埋起来
但有人对我说：
你只是一小朵蓬松的云
偶然间落到了人间的枝丫上
既然如此，我便替人间
宽恕了自己

13

穿越沼泽，跨过丛林
那镀金的光阴——我还能回去吗
这些年，仿佛还是老样子
苦是你们的，也是我的
病痛是你们的，暗疾是我的
一日三餐的热菜是你们的
行李箱和火车站是我的
争吵是你们的，想死的心
是我的，糖果不是你们的
也不是我的

14

作为女人,她曾天真地
把男人当作唯一的救世主
并比我更早地知晓
命运的无情
作为母亲,她预言
我终生不会幸福
这是我们之间唯一的默契
她眼里流的水与心上淌的血
我将经历双倍,甚至更多
但我还是想向上天祈祷
把她余生的苦难分我一半

15

一个人厌倦了自己
另一个人厌倦了活着
第三个人厌倦了尘世
各怀心事的一家人
躺在同一张床上
熬着黑夜这锅稀烂的粥

16

我买了三盆仙人球,我喜欢

这些绿色的小东西
我给它们浇水，亮晶晶的水珠
仿佛少女的眼泪
它们陪着我，日日夜夜

17

我拔掉了小拇指上的那根刺
它来自其中一棵仙人球，已经
存在了半个月，如果我的手
没有发炎，我不会发现它
在这之前，我只是偶尔
感到微微的疼

18

后来，它们都死了
不曾来过一样
就仿佛，好好的一个人
不知怎么，突然就不见了

19

那天的太阳太大了，我们
并排走在一条宽阔的马路上
断断续续地说着话

我抬头看云，一群鸟飞了过去
树影打在我的脸上
风一吹，阳光一照
我就甜了
那时候，我还没准备好
爱任何人
他欲言又止的表情，令我心酸
并有些许的负罪感

20

对不起。请允许我
对奇迹
保持距离。请允许我
对正确
持有异议。请允许我
为那必须退回的
热情
忏悔三分钟

21

昨天又去了医院
是捂着胃去的
上一次
是捂着眼睛去的

上上次
是捂着胸口去的
下一次，该准备好
捂住哪儿呢

22

我不能轻易地表现出
我的恐惧，不能轻易地说出
我也是脆弱的
尽管我会被一些微小
而无常的事物
击溃
但我又能逃到哪里去
我被卷入泥沙，融进海
我的身体里流淌着一条忧伤的河流
一个人在慌乱中丢失了自己
有些悲伤，永远无法被安慰

23

我开始去尝试一些错误
开始学着撞南墙，一撞再撞
开始把捅进后背的刀子
拔出来，却不捅回去
开始向刺伤我的玫瑰花

握手言和。我开始喜欢
镜子里的那个人，慢慢
垂下她的眼睑

24

我用什么才能打动你？
用深情，用眼泪，回眸一笑
用我天性的忧郁与才情？
用我炙热赤诚的感情
青涩懵懂的身体？
用我童年全部的信仰
一个孩子眼睛里储存的
所有光芒？
用回忆，用生命，用人世间
最后一个沉默的早晨？

25

难得出来走一走
清冽的空气中氤氲着黄昏的霞光
可我不喜欢这些喧闹的市声
俗世的烟火太盛，稍不留神
我就忘记了自己身在何处
我喜欢大山，大漠，大海
我喜欢一瞬间被淹没的感觉

我喜欢那些能淹没我的事物
比如孤独，风声，爱情
比如南飞的雁，迎面走来的你

26

因为夕阳是突然出现的
所以那片橙红，同时淹没了我们
因为那庄严的时辰短暂极了
所以我们曾无限接近幸福而不自知
因为落日就在眼前，你坐在我身旁
所以落日有多遥远，我们的爱
就有多长久

27

不曾想过绽放
在遇见你之前
此时，我尚未老去
我的身体，枝繁叶茂
我的灵魂，一片澄澈
你经过我时
我忍不住要开花
你唤我小小，小
我就是无穷小
小到谁都看不见，除了你

28

本来,我想唱一首歌
给你听,可我马上又后悔了
那么,就读一首诗吧
一定不能暴露真实身份
是小狐狸还是小白兔
决不能让你知道

29

除了写诗,我还能做什么呢
只有写诗,我才能止住哭声
除了写诗,我怎样才能长出翅膀呢
只有写诗,我才能离你近一点儿
再近一点儿

30

春日将近,我也曾想过改变
就这一次,像她们那样
去过电影般的生活,我扮演
的角色,因美丽而遭人嫉恨
她无坚不摧,是力量的代言
而现实中我柔软、笨拙
时常哭泣,不得不面临

这样绝望的时辰——
在一艘不断下沉的船上
什么也不想，什么也不说
只是朝前走，头也不回
快步迈入前方迷蒙的水雾中

31

需要仪式感，需要后退
需要抒情，无家可归的人把自己灌醉
需要冒险，这使我不必屈尊于大众的欢乐
需要一把钥匙，打开囚禁困兽的笼子
需要亲吻，照见内心的热烈与安宁
需要一双手，将我推下悬崖

32

我确信窗外的绿意葱茏
与去年并无二致
我确信你与我一样
一不小心，就误入了那
多雨的夜
我在远方，这里
春风浩荡，夜色温柔

33

时针嘀嘀嗒嗒地转
四季更替一年又一年
旧颜渐老,新欢正在路上
人世的期限有多久?
如果有一天我走丢了
你一定要喊我的名字
轻轻地唤我回来
轻轻地

34

我有过一个斑驳的早晨
它苏醒于鸟鸣,山里
云雾渺远,那时我
临渊而立,看见峡谷
蜿蜒进我的脚下
自此我的余生也开始
有了裂缝,时而有光
缓缓地,流进来

35

我不指望一个怀抱山河的人
打开他的山峦,放出他的江河

你只要望着我,笑一笑
就像我们第一次见面那样
露出你的小白牙,很天真,很单纯
像个没有防备的孩子

36

请原谅我大雨滂沱的爱意无法表白
请原谅我一直无法战胜自身的软弱
你看见那条河了吗
你看见那座山了吗
你看见那朵白云了吗
你看见那株干枯的植物了吗
你看一眼吧
我想对你说的话
都在那里了

37

月亮睡着了,美妙的事物
才浮出来。灯光洒在桌上
晚风遛进窗子,大海
在荡漾。我们的脸在海面
晃啊晃啊晃

38

等我们老了,就归隐山林吧
采菊东篱下,悠然见南山
种一些花花草草,养几只小羊
再无离别之苦,现在
请你告诉我,会有那么一天吗

39

最冷的那几天,你怎么
突然就失踪了
天又下起了雪,人间一片苍茫
你怎么就忍心
丢下我
你怎么就忍心
丢下我,像丢下一颗
粘牙的大白兔奶糖

40

每当从有你的梦境中醒来
我就大口大口喝水
把一些不明物质吞到肚子里
走很远很远的路

走着走着，就走到命运的风口
走着走着，就忘记了回去的路

41

你躲在罐子里面，隔着陶瓷
你躲在酒瓶里面，隔着玻璃
你躲在车厢里面，隔着窗子
你躲在黑夜里面，隔着回忆
你躲在大地里面，隔着我
我十分美好胜过一切美好的事物

42

夜色沉重，浩瀚的虚空
攫住了我。时过多年
我还是没有摆脱
命运那深不可测的洪流——
总有一些落寞的时刻
从来不被安放和收留
满天星光，在今夜
只有一张纸的重量

43

为了遇见你，我走了

很远的路,才找到这里
天太冷了——
我看见梅花被雪打落
我看见万家灯火
夜晚美得像童话
我笃信会有一个人
站在一扇门前朝远处张望
他在前面焦急地等我
我不能不信这是真的
我只能靠这信撑着
也可能,它不过是一束烟花
是海市蜃楼,镜花水月
是万万作不得数的

44

越来越感到恐惧
恐惧生
恐惧呼吸、吃饭与说话
恐惧出门
恐惧在路上撞见任何一双眼睛
恐惧生不如死的牵念
恐惧回忆,回忆使我心如刀绞
恐惧明天,明天我将陷入歧途
恐惧我的身体里藏着一颗炸弹
恐惧降临于我身上的微光

恐惧写诗,在每一个深夜里
那些诗句都将成为我死去的证据

45

如你所愿,我依旧过着
和往常一样的日子——
我已经这样生活很多年了:
时常发呆,仍旧孤独,总是
在这个世界上找不到自己
还有后来你所知道的:日饮菊花茶
爱别人爱过的男人,每天爱一遍
并用尽余生温习一个迟来的初吻

46

你是空气,在我窒息时
证明着你的存在
你是一处暗影,在紧急关头
才现出原形
你是久战沙场待归的英雄
是我遥不可及的梦
是我命途里最汹涌的那部分

47

该如何挽留你呢——这终将
逝去的幻觉,我一生中
唯一的荣光,最后的一瞬——
唯有黑暗永恒,它容纳我
而失散的人会永远失散
未相逢的人永不会相逢

48

离开的人,你再也没有归来

49

明天不可预知
而我也将找到藏身之处
多少前尘往事
都化为时间的浮沫
当有一天我怀抱一个孩子
安抚他熟睡后
我想起你,淡淡地想起
又淡淡地忘记
淡淡的
很多年就过去了

50

我一生都在用文字寻觅你
我一生都在纸上
涂画一个女人无常的命
我一生都在做着一个美梦
梦里我和一匹野马私奔
在广袤的原野上
我一次次醒来,又一次次睡去
那翻来覆去的梦啊
构成了我那贫瘠却又富足的一生